小詩一百首

丁威仁詩集

E小詩一百首序

苦茶

向來喜讀小詩更勝於長詩。

古典詩裡喜讀絕句、律詩，面對落落長的古詩歌、行之類，密密麻麻一大篇詩句沒甚耐性。我無意妄自區分小詩、長詩孰好孰壞，但自古以來讓代代讀者印象深刻朗朗上口的，大多還在絕句、律詩。啟蒙小朋友背詩都從五絕開始。二十個字。大長篇歌、行即使是震爍千古的經典鉅作，人們津津樂誦的也就是那幾句。例如《長恨歌》就是「三千寵愛在一身」，《琵琶行》就是「猶抱琵琶半遮面」等等。

我對於詩篇幅的異常偏愛，於現代詩也一樣。還不太了解「現代詩」是什麼的懵懂年歲，就買了張默先生編選《小詩選讀》。讀一首花不了多少時間。好的小詩晶瑩可愛，讀久了竟也能背。例如羅智成的《觀音》。這詩還曾譜成歌曲，於是也能唱出。

得知丁威仁先生新作是一百首小詩，我頗感興趣，自薦來寫幾句話。記得丁威仁先生之前有本詩集《新特洛伊。NEW TROY。行星史誌》，係一部大型長篇科幻史詩，繁複細密厚重，如同一座橘紅星雲。與之相比，這本《小詩一百首》精緻清秀，應是藍色星球灰色城市綠色公園角落的一處小花叢。星雲都能創設出來，孕造一小花叢更游刃有餘。

輯一「隨想」，第一首是一尾憤怒蠕動病態蟲留下的遺言。第二首預告忌日。第三首以眼淚為信物。整體看來，此輯負載詩人悲觀、負面的情緒。

輯二「蔓延」是詩人思緒無邊無際無方向性的蔓延。此輯較玄奧，許是字字句句深埋詩人「多情的秘密」。

輯三「摘句」豁然開朗。所摘之句應是戀人間的喃喃絮語。溫柔堅固，不離不棄。

輯四「處方」比前輯更閃光、更甜蜜。不得不大讚：「會寫情詩真好」。尤其像「我們手牽手」、「我們腳踢腳踢」、「只有連體的一雙手心」之類的句子，簡直幸福到嚴重犯規的程度。

以上簡略鳥瞰全集，以示我不負詩人之託，確實讀畢全一百首詩。聽說這本詩集將收入二十篇序，應是現代詩出版史上前所未有的創舉。相信其他十九位寫序方家對於這本詩集定有獨到的分析與見解。我無甚高見，惟推薦可從輯三「摘句」與輯四「處方」先讀起。先吃點糖蜜再吃苦瓜，倒行逆施，對於情戀寂寞之苦，讀者感受當更強烈。

曾有人定義，現代詩凡字數在一百之內的可以稱為「小詩」。我這篇序字數約為九百，竟然是一首小詩的九倍。而此序帶給讀者閱讀的樂趣，萬萬不及集中任一首詩的一句。故就此煞停為宜。忝為序。

來，不要只讀詩，一起來玩彈珠遊戲

梁匡哲

不知道哪一位詩人曾經說過，「要當一個優秀詩人，先要當一個讓人喜愛的詩人。」這句話我是萬分認同的。不僅僅因為這是一種要求，而是忠於詩作為遊戲的娛樂質感。不過知易行難，任何時候寫詩當詩人都不是易事，俗務纏身不在話下，就算有時間坐下來寫，也不一定寫得稱心如意。

這本詩集以情詩定調（也許是我誤讀吧）。情詩難寫，因為情詩實際上沒有標準，但一般的愛情親情都有其格局與勢向。情感發之以文字，自然而然地，詩人要做的，就是力求在舊框架裏，撇棄連續劇式感傷和矯情，取迤邐之道，為的是直抵核心。短詩要求的是概括力，對事物即時的截取及反應。詩可以群。寫詩不可能離開生活，但要用想像去駕馭生活並相輔相成，是較為曲折的過程。

看丁威仁這本短詩集，是一個舒適的閱讀經驗。不少詩都輕鬆寫意，頗具活力。它們不是碎片狀的，而像一滴一滴的露水匯集一起成為整體，尋找句子相涉的歷程非常有趣。此詩集裏共分四輯詩，一以貫之，於我來說都是容易入口的作品，當可以讓初學者一窺作詩門徑。更重要是，他以順手拈來的日常生活入詩，像隨想一輯，猶如在生活撿拾念頭。生活就是詩，詩也是生活中的一塊駐足的瓦片。

〈摘句〉一輯很有意思，都是一至兩句長句，在敘事元素與詩意之間游走。而且在考慮詩作的連貫性上面，頗有匠心。如「起床後，請把我的影子攝入妳的鏡頭，變成海底的珊瑚，或是船舶的桅杆，我願成為旗幟，以妳的姓氏作為海洋的圖騰。」以綿綿情話示人，實際上是作出承諾（珊瑚，桅杆，旗幟，圖騰〉，是堅強而內斂的表示。可以與其他小輯對讀，諸如〈小箋處方I〉：「縫合我們的腳印／以後就不是／兩個人了」，對愛情美好又純真的想像。又如〈小箋處方IX〉「妳夜半擱淺的精神／是否尚有景深」，均是小心翼翼地帶出關懷，道出愛的不同的折射面。

另外，某些回應社會議題的詩，都以調侃的面貌出現。如〈隨想XIV〉，「就讓神過神塞車的生活」，我個人很喜歡這無心之走調，這正是理想中的詩質，荒誕往往是觸發反思的入口：「死神比誰都性感／黑色的風衣裡／藏著靈魂寄居的口袋」，風衣與口袋都是日常到不能再日常的事物，卻與死神拉上關係，兩者的反差恰如其分地帶出題旨。況且嚴肅直白的處理未必勝過旁敲側擊的幽默，所以我欣賞，我喜歡。

縱觀整本詩集，苛刻地說，某些題材或許略有重複，或許累贅直白了，又或者是刻意造境的匆忙。我卻把他們視為一個思考的過程，我始終願意相信，抒情就是耐煩。寧願走得孤遠些，也要選擇具體而微的感受，展開那種由此及彼的對話。只因情詩是一個永遠不能完全抵達終點的旅途。

小詩・詩意與飆技

彭正翔、陳沆然

一、小詩狂想曲

其實我不太認識丁教授，也對現代詩認識有限，對於丁教授常常在臉書上發表新詩感到相當佩服。自己也常常在想創作的靈感是怎樣來的？透過臉書所傳播的影響力又是如何？在台灣這種臉書文學可以存活多久？透過臉書的文學傳播機制下的影響力有多大？

有幸可以預先拜讀丁教授的最新之作《小詩一百首》，筆者僅以此篇文章書寫自己的讀後感或印象式的批評，也許只是種誤讀，希望可以拋磚引玉讓社會更多人喜愛閱讀現代詩。

既然是一百首小詩，似乎可以先對小詩的定義做個歸納整理或釐清。也許目前對於小詩的定義並不一致，陳幸蕙編輯的《小詩森林》一書中，陳幸蕙援引到羅青和白靈分別以十六行和十行百字為基準，定出小詩的規格，認為超出此限者即屬於短詩，而非小詩。羅青的依據，以古典詩中行數八行為基準，乘以二變成十六行，得到較理想的小詩行數的最大限度。白靈則根據宋元曲小令、中調長調依照字數區分的原則，推估出百字上限。（陳幸蕙編，《小詩森林：現代小詩選1》，臺北市：幼獅，二〇〇三年，頁五。）最後陳幸蕙則做出這樣的取捨：「在『小詩』一詞上未有明晰、約定俗成的定義前，本詩選收入的小詩，基本上仍參酌羅青和白靈十六行和十行百字為基準，但採彈性和fuzzy原則，允許在此基準上有上下浮動的空間，不致太過刻板僵化。」（《小詩森林》，頁六。）丁教授的這一百首詩也大多是在一百字以下或十六行之內，符合白靈和羅青對於小詩的要求。

怎樣的作品才算是優秀的小詩呢？筆者曾觀看華視教育頻道所播放的「詩人部落格」節目，主持人許悔之在分析小詩時，曾說過小詩就像一把匕首，要能一針見血。這樣的想法，也提示了小詩要用最精簡的文字傳答最有詩意的文學張力。

二、窒息的死亡意象

《小詩一首》這一本詩集分為四個部分，分別是輯一：隨想、輯二：蔓延、輯三：摘句、輯四：處方。這四個部分乍看之下似乎各自獨立、互不相干，但若整體看待則可以視為一個有機體。初步閱讀一百首小詩，筆者感到有詩人所營造出的死亡意象。死亡的意象充斥在不少的詩中。窒息的死亡意象，是筆者閱讀完後的深刻印象。

筆者試圖找出幾組和死亡意象相關的（直接或間接指涉或隱喻）詞語或短語，這些詞語崁入小詩中成為詩中的死亡美學。例如：**病態的**、**遺言**、**絕版**、**忌日**、**最後**、**火化**、**摺一朵白色的蓮**、**頭顱掛在窗台**、**寂寞的命**、**浪漫的死**、**肉身如此**、**半透明的**、**老去**、**殘留**、**死神**、**無藥可醫**、**隱隱的痛**、**白髮**、**肉身**、**消失了**。如果詩是一種文字短語的排列組合，經過詩人巧妙的組織設計，搭配上下文句或段落的有意安排，形成某一種意念或營造某種氛圍。丁威仁教授自己則認為：「詩是一種語言經過壓縮後精煉化的文類，意象使用的準確度和有效性是新詩創作非常重要的部分。」（丁威仁，〈我寫詩，不是只為了成為經典而已！〉，二〇一三兩岸青年文學會議論文集，二〇一三年十月，六十頁。）由上面筆者抽離出的詞語，不難看出詩人想營造死亡的意象，然而這種死亡不單單只是解讀成單純指涉肉體的崩解壞死，也有可能是對於情感人事的心死，或對於青春時間的感傷，以及更多對於社會的無奈的嘆息。姑且舉〈隨想II〉為例

我將絕版
或許某日醒來
嬰兒般哇哇啼哭
展開新的幸福
我將預告忌日
是另一個我的生日

筆者單純看到這首詩中似乎有輪迴的概念，也好像有老莊思想生死同源的的意念，詩中巧妙活用了對比映襯的寫作策略，絕版和嬰兒的呱呱誕生是一種對比，忌日和生日則是另一

組的映襯，透過前後兩組的對比達到呼相呼應，乍看之下有些矛盾，但整體觀之似乎又有些人生的哲理，也難怪乎詩人常常是哲學家給凡夫俗子醍醐灌頂。

三、詩的語言：詞語的排列組合與多變

詩人透過生花的妙筆，將文字濃縮、轉換、顛倒、拉長，讓整首詩句型多變。詩的句子是多變的，有時可以散文化的詩句（散文詩），即是是散文化還是需要文學的技巧。這本詩集中丁教授在我們的摘句中將現代詩「出位」，結合散文化的句型別開一番風情。筆者試圖舉〈我們的摘句XX〉說明

> 夜色像霧，蔓延在月光覆蓋的河道，黑膠裡的女聲唱著，夜留下一片寂寞，我想起某年的蘇州河邊，一葉撐篙的舟子，疑似古寺的倒影懸在岸邊。遠方的蕭聲，催

促我聆聽無聲飄向的細雨，原來這就是一種曖昧，一種
即將蒸發的眉目，夢中的新紗長裙，化蝶，像是螢幕之
前的游標，緩緩飛離……

這首「詩」看似好像一篇散文的段落，卻還是保留詩的意象與氛圍。透過黑膠裡的女聲的傳唱引發詩人的「意識流」——回到遙遠的蘇州泛舟看到古剎倒影，有古典文學的美感，唐詩中的畫面映入讀者的腦海。整首詩寫來有懷舊之情，也有朦朧的美感，似乎也有古典含蓄之美。

語言是活的，語言是有生命的。筆者也同時留意到詩人將時下年輕人的口頭禪融或生活用語入詩作中，例如：「我愛的人按讚／我恨的人按讚」〈（隨想XV）〉，這是反映這個世代運用臉書按讚的盲目與衝動。〈小箋處方Ⅳ〉：

別以為你們公告穩定
轉貼幸福，分享
情話，很閃

我，只要搖詩吶喊
就比你們閃。

「閃」這個字運用得很有時代感，也看出這個世代年輕人的口吻。

四、結語

丁教授是文學獎得獎的常勝軍，平日除了文學研究、文學教學外，還勤於筆耕，不斷創作。文學一直是一個國家的軟實力，在這個出版業大蕭條的時代裡，應該多鼓勵大家讀詩解詩，丁教授在臉書上邀請臉友們一同加入寫心得是個創舉，筆者也期許丁教授日後有更多的詩作或詩評論文出版問世，讓台灣文學的園地更多采多姿。

麻雀小宇宙

趙文豪

「我想像海裡漂來／一把鏽蝕的步槍，鮮血是朵開了一半的花／——窸窣窸窣，那個抽象的世界裡／時間一身貧病。」（〈德布西變奏〉）

嚴羽在《滄浪詩話》曾言：「律詩難於古詩，絕句難於八句。」**詩**是精緻文學，即便經歷時間考驗，依然能勾起讀者巨大共鳴。然而，自五四以降，「現代詩」的推出，不啻從過往的語法桎梏中解脫，卻也造就許多論者指出現代詩「句法衍冗」、「意象蕪雜」的問題；於是，它的「自由」似乎卻成了與一些讀者的隔閡。然而，過去可見楊華在《黑潮集》裡的閃著哲思慧光的小詩創作，近年有兩行詩或一行詩的推廣，對於一些詩人或許也仍為偶成隨筆，除了「字行數」及「篇幅」大致的認知，小詩至今亦仍未有所謂制式標準。

詩需要純粹的專注。《小詩一百首》共有「隨想」、「蔓延」、「摘句」、「處方」四輯。殊於過去詩人召喚時空、行星的抗詰神話，這次的小詩，回到詩型的純粹，讀來卻有點……疼。

「今天是個雨季／霓虹在暗處飛舞／像是螢火／／我低頭在手機／以文字游牧／情緒的／羊群」如這首〈隨想XVI〉，預敘現代人指尖看世界的荒漠／禁錮，「隨想」以輕輕力道，留著餘韻遐想給予讀者補白。「摘句」及「處方」透由情感寓言的迴覽及療癒，佛如生魚片師父手中那零點一毫米的俐落刀片，削開那凝鍊而新鮮的空間，詩人一邊削減語字的重量，讓詩可以是一瓣詩想閃光，又或是一道嘆息，「蔓延」則彷彿是「詩人典範」與「自我認同」的矛盾歷程，「戴上隱喻的面具／就變了個人／／我們鎖著腳鐐／像隻腳痛的／貓」（〈蔓延XXIII〉），在「詩人」與「面具」共構的想像，那個腔調是糾結的，詩人求索詩意的韻腳如同貓的痛腳，不斷撞擊身靈的況味。

在新詩的國度邂逅

王美玥

是個仲夏午後，我偷得浮生半日閒，搜尋FB，在琳瑯滿目的美圖與詩、文中，突然有一首小詩，讓我眼睛為之一亮，畫面出現的，是個五歲小女孩，但作者署名「丁威仁」，就這樣，我與丁教授在新詩的國度邂逅。

所謂「看竹何須問主人」，每一次的心靈交會，所關注的焦點，只在詩的共鳴程度，讀者無須過問太多作者的私人背景或社經地位，因此在這個國度，我們可以優遊自在的穿越時空，直接感受詩人的文字強度與思想力度。正所謂「詩人者不失其赤子之心」，詩人總是很直接的表達其心境起伏，但是透過文字張力，卻又轉化得警俏且不露斧鑿痕，由此判斷，作者寫詩之功力，非一朝一夕所致。

就這樣，我常樂見其作，且每一次的相遇，總令人驚豔，日前，喜見詩人將出版詩集，並徵求序文，本人乃毛遂自薦，一則感動於詩人的無私，故願共襄盛舉；二則難得有機會向作者表露賞詩拙見，且就教於詩友前輩，不亦樂乎！遂發訊息，告知詩人。

而當我閱畢作者的一百首小詩後，發現詩人在浪漫的情致之外，有其縝密邏輯：總共分四單元，每單元二十五首小詩。

一、隨想

這一部份我將之歸類為〈心靈漫舞〉，因為詩人的情緒，透過文字展演，全呼應在這二十五首小詩內，或悲苦，或焦慮，或喜樂，或俏皮，一覽無遺，透過文字技巧，展現思想風景，詩——果然是心靈無聲的樂章。

而作者常巧妙運用轉化修辭：例如〈隨想II〉：「我將絕版／或許某日醒來／嬰兒般哇哇啼哭／展開新的幸福」，明明是敘寫苦難心境，詩人卻雲淡風輕的用俏皮語，將此心境轉化，留給讀者會心一笑。又如：〈隨想VII〉：「寫一首詩／就等於溶解一個某日——」；〈隨想VIII〉：「寫詩／是吐出苦難的行為——」；〈隨想XVII〉：「終於／我把夜色放在膝上／佐以濃茶／牆壁上的陰影／被蜘蛛網以圍成的方式／吞沒——」

諸如此類，在詩人的作品中唾手可得，不勝枚舉，若生手寫作，未必拿捏妥切，如今詩人卻能自然而逍遙的運境它，真功夫也。

二、蔓延

此部份竊比為〈現代人的空間凝縮〉，古典詩人中，盛唐李杜，可謂時空的魔法師與哈利波特，宋代文豪蘇軾，在這方面的表現，更是無庸置疑，而今人余光中先生在時空交疊的運用上，也常能展現其美學境界。

至於丁教授的一百首小詩，個人認為，作者在〈蔓延〉這一單元的佈局哩，充分表露空間美學，但這個空間有別於前人之宇宙時空，而是詩人的內心世界，那是個隱密的空間，深邃而渺遠，一如宇宙中的黑洞，不易探究，但詩人透過文字，透露訊息，讓讀者能窺究其秘。

例如：〈蔓延IX〉：「尷尬／是一種空氣／一種味道／一種紛飛的花絮／／當妳的笑聲穿越屋瓦／我正在記憶的路上／悲歡離合」，寫的明明是失戀心情，詩人卻能將之展演成紀錄片式的進行曲，妙哉！又如：〈蔓延XI〉：「我們把遺失在昨夜的／精神釣起／／熬成一鍋／充滿味精的／大骨湯」。多麼豐富的熬夜呀，這鍋湯，難以下嚥，想倒掉又可惜，多麼曲折的情境，如此手法也只有詩人才能辦到。

三、摘句

此部份完全展現心情花絮，我們可以感受到詩人在愛情國度中受傷的悔與痛，只是詩人無怨，他只想找一個出口療傷，在平撫的過程中，雖有疤痕，但傷口漸癒，這正是文字的力量。所謂詩言志，雖未必事父事君，卻總能興觀群怨，詩最真、最善、最美的部份正在於此。

四、處方

此一單元正如標題〈處方〉二字，是美麗的情詩，也是療傷止痛、養生滋補的好配方。而最好的能量場就是大自然，此部份詩篇，詩人運用古典派善用的自然情境法則，將個人情志投射到大自然，於是清風、明月、大海、青山、風雲等，皆能入詩，但不同於古典派者，自然只是背景，己身情志才是主角，透過與自然的融合，轉化成情詩篇篇，卻又溫潤如玉，不毀不傷。

以上拙見，野人獻曝，僅此就教於前輩詩友，更預祝丁教授出版順利，最好洛陽紙貴，誠為歷史佳話。

一〇二年九月二十八日　謹誌

永恆的詩戀人

高詩佳

有些人以寫詩為樂，有些人以詩為志業，也有些人日常生活總少不了詩，若把這些特質套用在「詩神」丁威仁身上，可說是一點也不為過。認識他的人都知道：詩，早已是他生命中永恆的戀人。詩人與詩日夜相處，也經常在臉書分享他與詩的各種奇妙、纏綿的遭遇。當然，他也寫一些很搞怪的詩，其目的究竟是要抒發自我，還是宣洩對這世界若干現象的不滿？我們不得而知。不過根據我這個忠實讀者所見，幾乎沒有什麼題材是他不能寫的。

對於六、七年級年輕詩人過於書寫內向性的一面，卻忽略人與土地之間的關係，詩人頗有微辭。他直言：「有時把世界全球前衛創意做為自己的美學思維，卻儘是寫一堆混沌夢囈的作品，搞一些自以為是的創意，甚且還自以小眾為樂，膜拜某些不知所云的前代詩人。」而在詩的藝術性與現實性上，他相信沒有不能包含兩者的創作，對於當前詩人的離脫現實，他希望詩人還是得跟現實多點交涉才好。我們相信，這跟詩人真淳的性格有關，也相信他希望詩是真能為這個世界創造些什麼，而他自己也確實在實踐這樣的信念。

詩人出版了好幾本詩集後，最近即將誕生的是全部都收錄於「小詩」的《小詩一百首》。與長篇巨構的疊層鋪展相比，小詩能夠捕捉和創造的，無非是生命中最簡約也最燦爛之一隅。也正因集中在那電光時刻的「一隅」，所以更加觸動我們日益僵化與疲憊的心靈。更何況，這本詩集從「隨想」開始，一路「蔓延」且「摘句」，最後歸結而出的，竟是可供讀

者參照的「處方」。我特別喜歡那些隱藏著詩人生命憂鬱氣質與靈光閃現的動人之作，諸如

寫一首詩，就等於溶解一個
某日，我總是撕下時間的皮囊
質問自己的憂鬱
而焦慮還臥在那張油漆
未乾的床沿，假裝
自己快樂

——〈隨想VII〉

寫一首詩就等於溶解一個某日，寫詩的過程就像在面對自己，拆解自己的內心。「油漆未乾的床沿」代表一種生命窘

困、停滯的狀態，但無論如何都得假裝快樂，好讓自己繼續在生活中戰鬥。這跟詩人在〈蔓延I〉裡頭說：「所以我寫詩／只是想把蟲趕出去／因為很痛」，是如出一轍。當然，我們更愛這樣的句子：

把妳看守在我的情詩裡
詩句是柵欄
意象是燈
妳住進來以後
日子裡都是不必拷問的綿綿
情話

——〈小箋處方V〉

詩話綿綿，情話亦是綿綿。將情人看守在情詩裡頭，代表著日常生活從此也都將是情話。情感的苦楚當下在詩中一一化解，愛情的堅貞與甜蜜終究能夠獲得保存。這是詩人賦予詩的超越與神奇的意義，也是我們在閱讀丁威仁的詩，必須深刻理解的一點。

感謝這位永恆的「詩戀人」用他的真心真情，獻給我們這一百首小詩。

我仍是最頑固的那一個夢：《小詩一百首》讀後

王厚森

我們從來就相信：詩人是這世界的盜火者與倒反者。那所創造必然屬於扭曲或顛倒的世界裡，天空與海相濡以沫，新生與死亡聯袂唱著今日與明日的歌。那屬於最無法言說的安靜是詩，那漆上夜色的濃茶是詩，那舞著苦澀情調的愛情是詩，那辯駁著時光冉冉的話語亦或是詩。

有些人如或為詩而存在，丁威仁必得是其中之一人。寫詩是他的日常，而渾身散發自然與不自然詩人之氣息亦是日常。按照一般的定義，「小詩」指的是十行以內、總體字數不超過一百字的短詩。但「小詩」的「小」其實不僅是形式上的短促，也在於它企圖經營如小品文或極短篇小說般「立即的驚喜」與「沉思的回味」。對寫詩的高手來說，要創造「立即的驚喜」或許並不困難，但要同時賦予「沉思的回味」就得有十足的功力。說穿了，一碗滷肉飯要做到銷魂絕對不比燉盅佛跳牆容易，「小詩」易寫而難工，更何況是一百首的「小詩」。

《小詩一百首》分為四輯，分別是「隨想」、「蔓延」、「摘句」以及「處方」，每一輯都收二十五首詩。私以為這四輯的輯名全都扣緊在一件事上：我「隨想」就想起了妳，記憶與思念無限「蔓延」，於是不得不開始「摘句」起囈語，並期盼有一帖解決心緒的「處方」。是以，這本詩集的底調其實是深邃的情感與生命的苦思。詩集一開頭，我們隨即看到如此具衝擊力的詩句：「我們都是病態的蟲／憤怒地蠕動／把一生綁在尾尖拖曳出曲折的／痕跡／／像是遺言。」（〈隨想I〉）「病態的蟲」讓人直截想到卡夫卡（Franz

Kafka）的小說《蛻變》，一生拖曳出的痕跡最後不過是短短的幾句「遺言」，這樣的「隨想」似乎也太過可佈。

有趣的是，在「隨想」裡我們可以看到詩人不斷的以詩論詩。一如「寫一首詩，就等於溶解一個／某日，我總是撕下時間的皮囊／質問自己的憂鬱／而焦慮還臥在那張油漆／未乾的床沿，假裝／自己快樂」（〈隨想VI〉），「寫詩／是吐出苦難／的行為」（〈隨想VIII〉），「繼續失戀，像一顆放了太久的蘋果／一首詩，是一個乾涸的井／掉了進去的月光／永遠沒有機會復原」（〈隨想IX〉），「這樣也好／至少我可以擱淺在詩裡／以悲傷為主食」（〈隨想XVIII〉），詩創造著小小的自由、小小的秘密，也是小小的看見與看不見。走在詩迷宮裡頭的詩人，到了這輯的末尾不禁要傾訴：「我摸黑寫詩／為了理智／／我走了許久仍在繞圈／寂寞公路上一條／寂寞的命」（〈隨想XXV〉）。

從「隨想」走到了「蔓延」，詩人對詩的關懷仍舊不滅。〈蔓延Ⅰ〉作者告訴我們：「所以我寫詩／只是想把蟲趕出去／因為很痛」。詩的寫作本身是一種對生命底蘊的凝視，自我剖析的過程亦是一種苦悶的抒發。在輯二裡頭，作者專注地考究日常每一道風景與時光翩然的意義。講到「話語」，他說：「我們把沉重的話語／吐出／所以瘦了／／肉身如此／愛亦如此」（〈蔓延Ⅴ〉）。「如此」相應著「如此」，肉身與愛的對照聯繫，道出生命沉重與輕的寓意。又如〈蔓延XVI〉說：「一朵落花的哲學：／／為了存在而放棄生存／而一棵樹的價值／是為了葉落」。非常的日常不斷以其詭譎的辯證法，暗示著我們存在的處境及其窘況。以簡體字書寫的〈蔓延XVII〉，用累積點數比喻著我們的日常。都市人的生活常態看似聰明、謹慎而累積獲得，在作者的眼中，卻是讓自己的生命流失在諸多無意義的追逐上。

輯三「摘句」與輯四「處方」顯然是詩人濃烈情感下的產物。全部以散文詩型態寫成的「摘句」，第一首詩就告訴我們：「從妳的瞳孔，我發現了世界的風景，以及自己。」（〈我們的摘句I〉）愛指引出生命的道路，人為自己與他人而重生。因此，我們可以理解：「愛情是妳我的肢體，彼此成就。」（〈我們的摘句XI〉）讀著「摘句」這一輯詩，如同觀賞一齣不斷演進的連續劇，窺探者的角色讓我們走入迷霧，卻又似乎比故事裡的人物看得更清楚。此輯的最後一首，作者說：「我知道有太多的故事只會製造傷口，把過去切割成無法倒帶的片段，公主必須掃地，必須清除王子的血漬……所以我不讀童話，許多的殘酷都藏在王子的吻痕裡，變成瘀青……」（〈我們的摘句XXV〉）。現實情感的織譜告訴我們，童話永遠只是童話，王子與公主的故事其實是在一起後，才以血肉開始發生。

情感的苦楚，催化了輯四「處方」的誕生。在這二十五首詩中，作者不斷與我們分享，如何在俗常之中找尋讓情感加溫、回溫、歡樂的處方。我最愛的〈小箋處方V〉告訴我們：「把妳看守在我的情詩裡／詩句是柵欄／意象是燈／／妳住進來以後／日子裡都是不必／拷問的綿綿／情話」。當然，這說到底還是一種童話。就像「這座城市可以割成／一半，在我們／微醺之後／／車外有雨，車內／無風，只有連體的／一對手心……」（〈小箋處方XXIV〉），以及「太初有光／還有妳的呼吸／／太初有水／還有妳的眼淚／／太初有風／我是妳的風鈴」（〈小箋處方XXV〉），窮盡一生最後我們才得以理解，是這些簡單而純粹的美好，為我們守護著愛情的堅貞與甜蜜。春去秋來，風的夜色不停變化，愛的宇宙是無負重的，像一座沉重的石像終於拈花微笑。

這一百首的小詩讀來並無艱澀，多的是意象與思維的靈巧以及不吐不快的人生箴言。一切從愛出發，亦以愛為結束，印證了詩是戀愛與失戀者咒語的真理。最後，且讓我以一首小詩作為讀後心得的總結：

我無意以風閱讀雨
詩是愛
情是詩

曾經蔓延的隨想冰咖啡飄浮
空的處方裡
歌在唱著自己的歌
般切成就的絕版摘句中
我仍是
最頑固的那一個夢

給學長

莊凱雯

有些詩人喜歡將赤裸的靈魂毫無遮掩地展示世人面前；有些詩人偏好以隱諱語言的藏匿熱烈情感；有些詩人空靈飄忽讓人猜不透；有些詩人刻意鍊字詰屈聱牙……詩人的類型何其多，而我認識的威仁學長與他的作品一樣，多變。

我不寫詩，卻愛讀詩。默默地閱讀威仁學長作品，從早期pchome「天才詩人丁威仁」至今。而這集子所展露出的情感是內斂且溫潤，也許正如他所言「邁入中年」總是會有些變化，但是，詩作內容裡的本質仍舊不變，是他對於愛無止盡的追求、深刻且細膩地自我剖析、對人性冷眼淡定的描述……。
讀詩吧，踏入詩人的世界不只讀他，也能讀出自己。

遺落在花圃的極短篇

林宗翰

「王家衛導演的電影《一代宗師》裡頭，有句對白印象很深刻說：『世間所有的相遇，都是久別重逢』。」

「你覺得我們之間是久別重逢嗎？」

「也許，上輩子。」

有多久沒有留下對於生活的想像了呢？扣除整日無可避免的吃飯、睡覺和呼吸心跳，為了各種理由努力工作掙錢，也有各種複雜人際關係所產生的煩惱，除了這些既定形式的流水帳網誌之外，生活，還留下了什麼呢？有時只需要腦中閃過一個小小的念頭，無論可能或不可能，在清晨醒來睜開眼睛的剎那，按掉鬧鐘／手機的另一種反射動作，這就是丁威仁老師的《小詩一百首》。

全書分為四章：「隨想」、「蔓延」、「摘句」、「處方」，正是由小到大的想像。「花萼持續凋零／天空持續吐出破碎的細絲／未洗的衣物持續／長出綠意／一排列隊步過流理臺的／蟻群，持續昂首／……」（〈隨想X〉），凋零的花與天邊的捲雲，衣物為何放置不理？蟻群要前往哪裡？思緒於是擱淺。「我低頭在手機／以文字游牧情緒的／羊群」（〈隨想XVI〉），手機成為詩人的牧場，逐著文字，讓睡夢前跨越柵欄的一隻隻羊兒躍然眼前。「蔓延」者，是情緒的滿溢令人目不暇給，像ＦＨＭ男人幫雜誌（FOR HIM MAGAZINE）辛辣惹火的內容，既繽紛、青春、卻又帶著激情過後的沉思和憂傷。

「我們把遺失在昨夜的／精神釣起／／熬成一鍋／充滿味精的／大骨湯」（〈蔓延XI〉），也許昨夜思考了許多問題，生活的或者只是空想，卻終究遺失，或者答案被加油添醋面目全非，還好，過程留下了。

「摘句」是別人的亦或是自己的，或是剪下生活的片段，僅訴說一件想法一件事一抹風景，在這時間流域裡，我們之間溝通的話語太多太多，卻少有仔細品嚐，所以需要摘句，讓我們牢牢記憶。最後開立「處方」，為著解釋什麼？但何必解釋呢，「我把起風的夜色／拿到夢裡製版／印成背景／／消失了／你足跟落款的」（〈小箋處方XXII〉），經歷過旅程回到原點，無法解釋的一切就用詩讓人們誤解，一百首只是閃亮銀河系中的一小部分，生活並不完美，然而我們總期待在某個轉角得到改變的鎖鑰，不必尋找，它就在我們手上。

想起臺東租屋處院子裡的花圃，那兒總是生長著各式各樣花草，許多是室友把山上野生的植物移植過來，也有些是原來就生長在花圃裡，青綠一片，我錯過了幾個花季，等待了幾回綻放，而一時認不出來，或只記得形貌忘記了名字。我喜歡任由它們生長，期待著開出令人驚喜的花，彷彿數年不見的老友再度聚首，名字也就不那麼重要了。生活處處藏著詩，有時只是一種感覺、一句話、一件衣服、一個午睡的簡短夢境、一塊巧克力蛋糕和成群螞蟻，過了一兩天一兩個季節的醞釀，某日不經意脫口而出，也許早已不是原來的樣子（開玩笑說是所謂「詩骨無存」嗎！），卻轉變另一種型態展現到眼前，極輕、極短，極容易混在一片青綠中被忽略，讓人以為消逝不見，但也許在之後某個節氣，會開出意想不到的，久別重逢的鮮豔花蕊。

獨有的，無可分割

吳宛蓉

在小詩一百首當中，我以整體來看，隨著詩人所劃分出的四個專輯，寫下一些我的觀點，從「隨想」開始，再到「蔓延」與「摘句」，最後以「處方」作結，詩與詩之間，可以看成是一百首，也可看成是四大首，因為那些都是詩人獨有的生命情調，無可分割。

「隨想」，是詩人的嘆息，是詩人心跳凝重的低沉，感受到的，是詩人內心的哀愁，哀愁的由來並不勉強，因為總在夜深無人之間竄出，手心感受到紙張上微濕的情意，也許那是詩人所遺留的一滴淚珠。

「蔓延」的語調，是「隨想」的加重與加深，更加的深邃與哀沉，然而隨著詩的流動，就像光陰的流轉將悲傷逐漸調節，成就的是傷感之後的思念，是詩人用生命情感所寫成的詩歌，得到轉化，得到蛻變。好比孩童的成長，是寶石淬鍊過的痕跡，雖然稜角還在，但已得到昇華。

「摘句」就像文章中起承轉合當中的「轉」一般，思潮如水，思念如洪，與前兩個部分相較之下多了一些的輕快與甜蜜，無論那是念茲在茲的幻影，抑或實體的影像，都牢牢的印記在詩人的生命記憶裡，那些光亮溫暖的部分，是詩人嘴角的一彎微笑，如月一般的照耀，光影四射，如同搖旗吶喊的旗隊，鮮艷而光明。即便，厚重灰塵抹去之後，結痂的傷口還在，然而公主美麗的身影，仍在王子心中，等待下一頁，童話待續。

在「處方」裡，我所看到的是，詩人從傷處站起來的飽滿能量，無論過去好壞與否，都會化為滋長的養分，繼續向前邁進的動能，之所以能持續不滅，因為有一盞燈仍為詩人亮著，所以能大步邁進，即便往事不能如煙淡去，然而可以化作春泥更護花，成為未來的能量，繼續守護夢中的倒影。

自序

我每一本詩集都幾乎有一個關於愛情的敘事，但出版時往往都已經成為過去式，而這一本小詩集的出版，卻相當不同，一方面是我在臉書辦了出版界首次「來序必登」的活動，透過臉書募得十多篇序，維持我詩集的重要特色。另一方面，這本小詩集是「現在進行式」的完整記錄，也希望透過這本小詩集，改變大家對小詩的定義，不是只有分行的概念，也能出現分段形式的小詩。感謝畫家美玥老師無償提供畫作，增加了這本詩集的美學價值；感謝提供序的各界朋友們，沒有你們就無法完成「來序必登」的創舉；感謝貝貝，沒有妳，就沒有這本詩集。

目次

輯一　隨想

隨想 I

我們都是病態的蟲
憤怒地蠕動
把一生綁在尾尖拖曳出曲折的
痕跡

像是遺言。

隨想 II

我將絕版
或許某日醒來
嬰兒般哇哇啼哭
展開新的幸福
我將預告忌日
是另一個我的生日

隨想III

我們安靜
停在擁擠的單行道
聆聽相戀的霓虹
唱自己的歌

而後虔誠地拾起
彼此的眼淚
作為信物

隨想 IV

小小的自由
是種小小的墮落
小小的墮落
藏著小小的秘密

隨想V

再看最後一眼
又一眼
把笑容與憤恨都雕進
瞳孔

等待火化

隨想VI

火化前
我仍試著相信那一些
剩餘的誠實

佛光照大千及暎水中天
悟心見自性髮在微妙法

丁亥中秋沙門聖言
星期

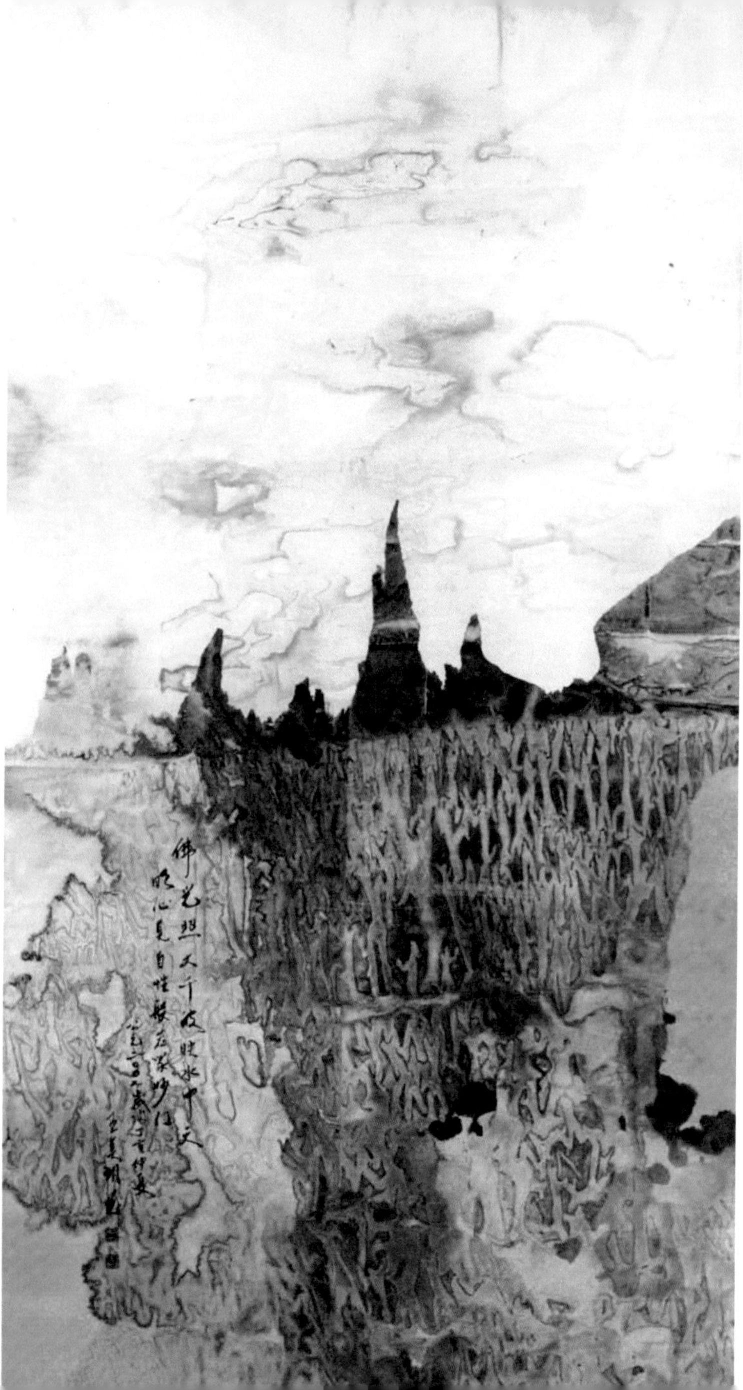

隨想 VII

寫一首詩，就等於溶解一個
某日，我總是撕下時間的皮囊
質問自己的憂鬱
而焦慮還臥在那張油漆
未乾的床沿，假裝
自己快樂

徘徊在分岔路口的
人生是一堆
碎石

隨想 VIII

寫詩
是吐出苦難
的行為

寂寞的牆角
灰塵是一種裝飾
存在的動盪

我摀住耳朵
拒絕
雨聲入侵

隨想IX

繼續失戀，像一顆放了太久的蘋果
一首詩，是一個乾涸的井
掉了進去的月光
永遠沒有機會復原

只有失戀，才能以咒語作為
詩句，催眠讀者
讓時間感染悲傷的
敘事……

隨想X

花萼持續凋零
天空持續吐出破碎的細絲
未洗的衣物持續
長出綠意
一排列隊步過流理臺的
蟻群，持續昂首

我持續著無家可歸
你持續著無可歸家

隨想XI

疲於奔命的意識
從一個路口蔓延一個
路口
當街燈閉上眼瞼
雨後的窪地裡
沒有漣漪

隨想XII

背影背轉背影而後背離
我背起背後的背影
以孤獨的背面
背著妳送的背包
淡出背上多餘
的背景

隨想 XIII

變奏的變化變幻得太快
變瘦的日子變得容易
悲傷，你變了我
沒變的變動
我變不出變色的傘
也變不來兔子
或者鴿子

隨想 XIV

這是一個適合神居住的都市
不適合我們這些
平凡人

就讓神過神塞車的生活
且不必購屋
住在空氣裡

隨想XV

天邊有一朵雲
雲裡躲著一個讚
我愛的人按讚
我恨的人按讚
我幫自己按讚
你覺得這真讚

隨想 XVI

今天是個雨季
霓虹在暗處飛舞
像是螢火

我低頭在手機
以文字游牧情緒的
羊群

隨想 XVII

終於，我把夜色放在膝上
佐以濃茶
牆壁上的陰影
被蜘蛛網以圍城的方式
吞沒

終於，我把小小的逗點
塗掉之後，改成句號
世界變得較為圓滿

隨想 XVIII

終於，你把愛翻了過去
撕掉最後一頁
恨更沉重

這樣也好
至少我可以擱淺在詩裡
以悲傷為主食

終於，我們可以轉過身去
照自己的鏡子

牽另一隻手

隨想XIX

終於，我把房間的溼氣抽乾
換了新的床單
而後抱著新買的日記
陣亡

妳會越來越模糊
直到從我的視網膜
完全剝離

終於，我不必再書寫妳
以滂沱的情詩
揮一揮手
雲彩扔在身後

黃蘆岸白蘋渡口
綠楊堤紅蓼灘頭
雖無刎頸交
卻有忘機友
點秋江白鷺沙鷗
傲殺人間萬戶侯
不識字煙波釣叟

隨想XX

終於結束了
就像在濃霧裏解離
等待葬禮中的
自己甦醒

去吧，我摺一朵白色的蓮
為你壯行
若能飲上一杯
就不怕凍傷

隨想 XXI

我們把水龍頭打開
滴答一晚上的夢

餐桌的日常
就是以刀叉切割瑣碎的
時間，與過去
擦身而過

隨想
XXII

我把飯粒黏在胸口
等一場大雨

我把頭顱掛在窗台
洗清腦內的自負

一段無塵的時光裡
我們把刻薄當作
證書，眼淚是
畢業的鋼印

隨想 XXIII

我長出一對翅膀
雖然自由早已瘦了一圈
我仍想穿著海浪
飛翔

現實是針
夢是線
星空是那張擁抱疲倦的
網

隨想 XXIV

所謂清白
只是人們剔牙的
工具

奔波是一種獎勵
南來或者北往
都可以讀取一片稻田
與山稜

鄉民們請挽袖捐出
熱血，讓文藝
能夠復興

隨想 XXV

我摸黑寫詩
為了理智
我走了許久仍在繞圈
寂寞公路上一條
寂寞的命

輯二　蔓延

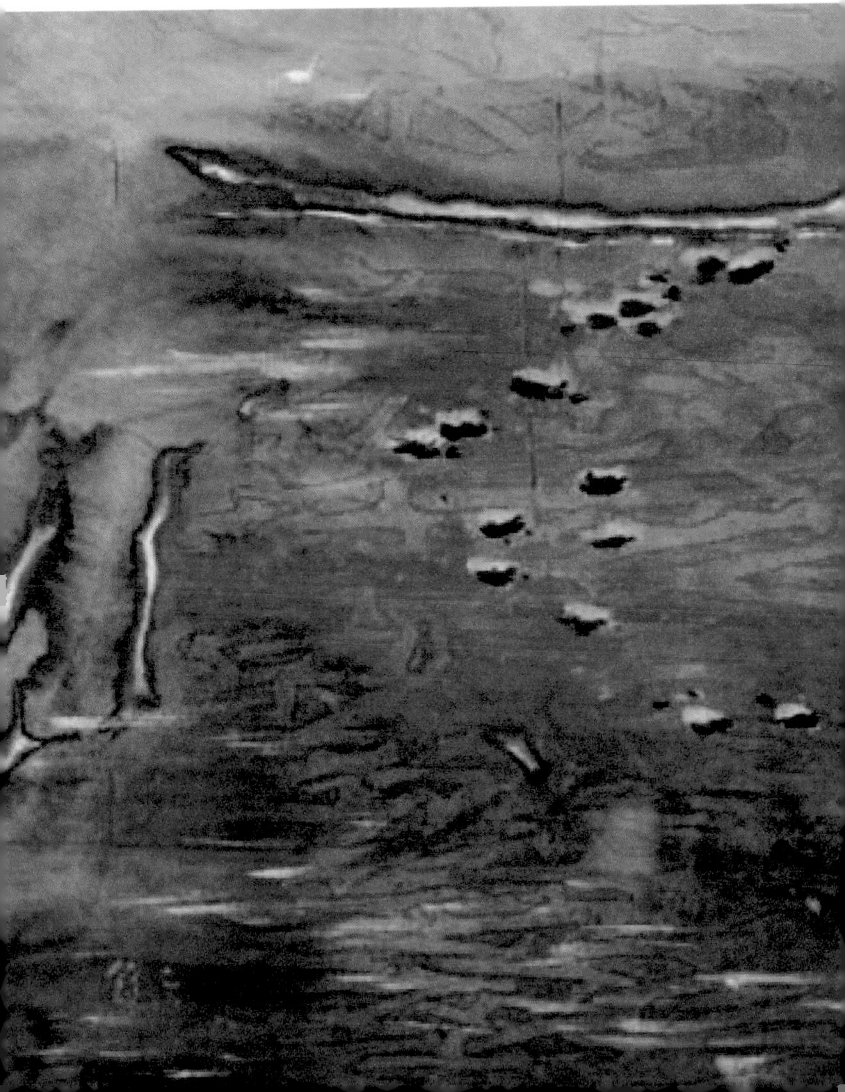

蔓延 I

有一種奧秘
像是大腦長了小蟲
鑽出一些靈感的
洞

所以我寫詩
只是想把蟲趕出去
因為很痛

蔓延 II

聽妳唱著重來
我卻無法攀住裹著
懸崖的藤蔓

墜落
只是為了讓自己
浪漫的
死

蔓延III

道路滿是傷痕
以及未熄的菸蒂

人行道的紅磚仍徹夜
不眠，陌生的腳步
打著寂寞的節拍獨舞

我的眼神落在斑駁的
鞋尖，想著你蜿蜒的弧度
而後轉身……

蔓延IV

謊言是一種革命
為了建設
就要把信任當作魚餌
釣深海的魚

所以我們輪班說謊
拿別人的牙齒
咬自己的
舌

蔓延 V

黎明扮成黑夜
溫度猶冷
我出了門
背影卻停在樓梯口
不走

蔓延VI

我們把沉重的話語
吐出
所以瘦了

肉身如此
愛亦如此

蔓延 VII

與一位白髮老者
在茶海
翻雲覆雨
那些堆積成山的口沫
像鹽

蔓延 VIII

晴朗
不一定清楚
有霧
卻必然模糊

蔓延 IX

尷尬
是一種空氣，一種味道
一種紛飛的花絮
當妳的笑聲穿越屋瓦
我正在記憶的路上
悲歡離合

蔓延X

再濕一首
紀念濕去的青春

每個人都濕過
於螢幕前
那些年，我們一起追的
女優

蔓延 XI

我們把遺失在昨夜的
精神釣起
熬成一鍋
充滿味精的
大骨湯

蔓延 XII

遠方，一個旅人揮手
自茲去
他半透明的臉孔
藏著一些
多情的秘密

蔓延 XIII

乍看風緊
其實今朝露重
我們都是蛋糕上的
油膩

魔鬼在心底
群山不遠
我們都是鳴禽

蔓延 XIV

等一棵樹老去
或者撿起一片墜葉
夾在書裡

我們應該學習一種懶散的
步伐

蔓延XV

在時間的溪水裡逆流
女兒的小手
是魚

一場莫名的暴雨
洗淨了
殘留螢光的記憶

蔓延 XVI

一朵落花的哲學：
為了存在而放棄生存
而一棵樹的價值
是為了葉落

105／蔓延

蔓延
XVII

累積點數的日常。
折斷一根手指，交換
一個秘密；集滿十個秘密
交換一個人生。

可見善終不易
集點卡上的章戳卻容易
出血，因而我們
不停地買，不停地賣
不停地換取贈品

之後授權死神
法拍我們的壽命。

蔓延
XVIII

死神比誰都性感
黑色的風衣裡
藏著靈魂寄居的口袋

蔓延 XIX

多堅固的肉體
都有傷口
我們不是沉重的花崗岩
也不是嘈雜的
磨豆機

蔓延XX

紅顏知己除了
還有更多的什麼
可說不出來的
貼身的
蟬衣

蔓延 XXI

我是火焰
糾纏陌生的日子
電梯裏
所有人仰起頭像
魚

蔓延 XXII

我們不是蜻蜓，卻像是
一群螞蟻，爬行在
時間的嘴角

我是火焰
卻澆不熄傘底的
雨滴……

蔓延 XXIII

戴上隱喻的面具
就變了個人
我們鎖著腳鐐
像隻腳痛的
貓

蔓延
XXIV

我傍著月色
把呼吸綁在陽台
城堡裡盤根
錯節

誰都容易走失，方位並不
重要，風雪持續扣門
我只得嘻笑，才能
繼續耍賴以苟活

蔓延
XXV

霓虹的腳印像是鐐銬
綁住路肩違規的
車禍

此刻我只想變成
施工的路障
抵擋超速的風

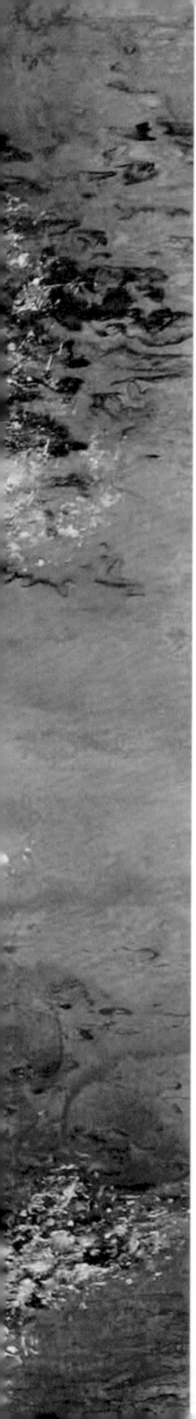

輯三　摘句

我們的摘句 I

從妳的瞳孔，我發現了世界的風景，以及自己。

我們的摘句 II

原來，彼此相愛的證據，來自於擁抱時的心律不整。

我們的摘句 III

每一段耳邊的情話絮聒，都是一個秘密的小宇宙。

我們的摘句 IV

我是妳背脊的光景，胸口的玄黃，不離也不棄。

我們的摘句V

今天我折花，而不摘句。盼妳能把熱帶的陽光攜回，套在我的指間。

我們的摘句VI

記憶像花刺，時間是哀傷的桂冠，青春是荊棘。我奮不顧身變成懸崖的巨石，阻擋將至的暴雨……

我們的摘句 VII

我們有時會拋下救命的繩索，只為了證明一種倔強的姿態，雖然步行吊橋仍令人心慌，我們仍微笑著……

我們的摘句 VIII

我敲響鐘聲，以便於治療某種痼疾，那是心上的結石，隱隱作痛，卻無藥可醫，或許只得嘔出血來，濺成花瓣……

我們的摘句 IX

我抓下結實的日常串成頸項的鍊子，晶瑩剔透的光影裡，尚有一道奇蹟的霓虹，一首歌，一段敘事，一些交錯的虛實……

我們的摘句X

起床後，請把我的影子攝入妳的鏡頭，變成海底的珊瑚，或是船舶的桅杆，我願成為旗幟，以妳的姓氏作為海洋的圖騰。

我們的摘句 XI

我們都憧憬永恆的規律，矛與盾的問題不再，愛情是妳我的肢體，彼此成就。

我們的摘句 XII

我們一起測量思念與信任的距離，找出一個平衡的端點，把心跳的頻率，與相擁的體溫，置於兩邊……

我們的摘句 XIII

讓我們把無聊的會議用來思念，讓想像飛出窗口，變成雲端上的雀鳥。

我們的摘句 XIV

倔強的晚風盤旋在我的天空，仰頭卻看見海市蜃樓，原來一切都是夢裡的執念，而非寫實的素描……

我們的摘句XV

若你指向前方問著什麼是夢與現實？答案在於山林裡的泉聲，合唱的蟬鳴，以及我掌心沁出的溫度與汗……

我們的摘句 XVI

小男孩連一片餅乾都害怕失去，我所憂慮的，來自於捉摸不定的風向，以及回返少男的玻璃心……

我們的摘句 XVII

我是水鬼，在海面畫著圈圈，卻不知是否該拖走新的天光。而今日仍舊微冷，聽不見的眼神，躲在樹叢，正在找尋一種奔逃的姿態，像水底的泡沫……

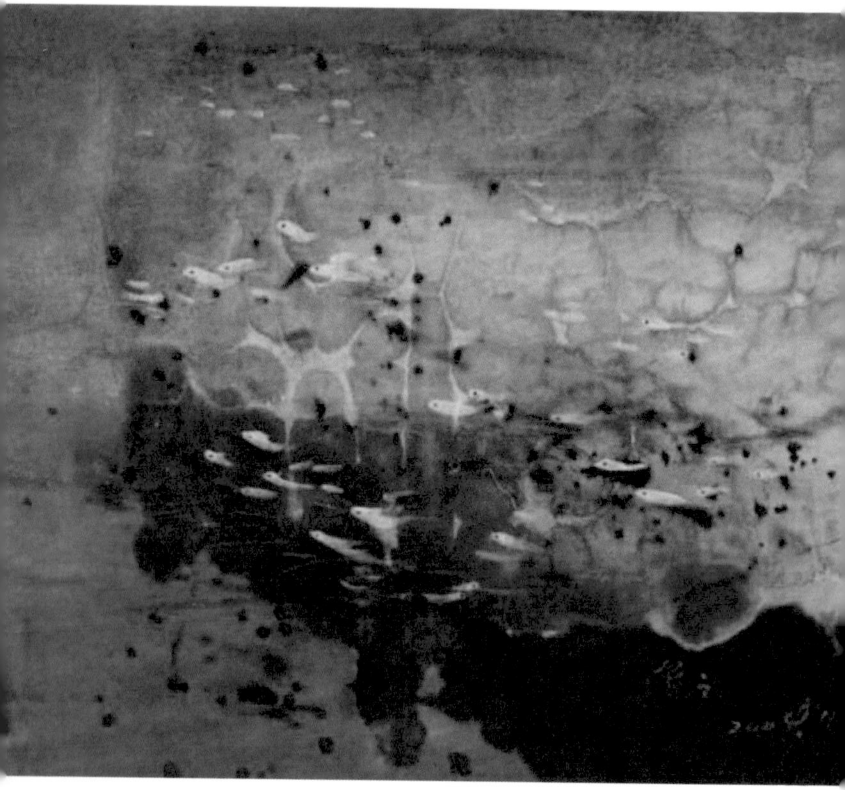

我們的摘句 XVIII

在額頭上的細紋，紀錄了每段失去的季節，以及那些追逐與被追逐的遊戲，我曾遺失的詩稿，或許是現世的預言……

我們的摘句 XIX

誠與實是同義複詞，得不一定會失，焦與慮不同層次，憂就會搞成輾轉的愁，一個追，一個要逐，一個奔，另一個就跑，這世界的兩顆心都在相互質詢……

我們的摘句XX

夜色像霧，蔓延在月光覆蓋的河道，黑膠裡的女聲唱著，夜留下一片寂寞，我想起某年的蘇州河邊，一葉撐篙的舟子，疑似古寺的倒影懸在岸邊。遠方的簫聲，催促我聆聽無聲飄向的細雨，原來這就是一種曖昧，一種即將蒸發的眉目，夢中的新紗長裙，化蝶，像是螢幕之前的游標，緩緩飛離……

我們的摘句 XXI

我不是制裁者，無法起訴撩撥情愫的晚風，因而我以雙手捧起臉頰，苦笑，然後閹割了自以為是的迷茫……

我們的摘句 XXII

我敲門，沒有人在。我推門，門打不開。我叩門，門鎖起來。我撞門，門不會壞。門外，我忘記自己是誰。門裡，我聽不見任何動靜。門後，黑暗。門前，荒涼。這扇透明的門，隔著透明的人。

我們的摘句 XXIII

我的視線落在腳底的水漬，偶爾以腳尖劃出圓圈，像打水漂。手上的半截菸蒂，皺成斷了半截的苦笑，我搖了搖頭，試圖揮去腦中清晰的構圖，很多事還是模糊點好，或者無聲。當然，就像這一首末世的短箋，積滿沉重的油污，洗不乾淨，只能等待回收。

我們的摘句 XXIV

水會流向該去的地方，沒有一個故事不是悲劇，我想牽起垂柳，把宇宙濃縮在掌心，卻只是夢中的幻象。水面的泡沫，被風吹出破損的紋路，我若急於行走，於暗夜只會迷途，因我不是善於等待的……

我們的摘句 XXV

我知道有太多的故事只會製造傷口，把過去切割成無法倒帶的片段，公主必須掃地，必須清除王子的血漬，而王子卻總是以酒精焚毀信任。所以我不讀童話，許多的殘酷都藏在王子的吻痕裡，變成瘀青……

輯四　處方

小箋處方 I

縫合我們的腳印
以後就不是
兩個人了

小箋處方 II

有點離奇的溫差
把道路的光影
潑出窗外
我們的言語都
堅持留白
以便於擁吻

小箋處方III

因為沖一杯茶
在手心割出一道
紅線，像河

隱隱的痛
深深的暖意

小箋處方IV

別以為你們公告穩定
轉貼幸福，分享
情話，很閃

我，只要搖詩吶喊
就比你們閃。

小箋處方V

把妳看守在我的情詩裡
詩句像是柵欄
意象是燈

妳住進來以後
日子裡都是不必
拷問的綿綿
情話

小箋處方VI

會寫情詩真好
因為下雨哭泣真好
唱歌能走音真好
我很不完美
記憶裡也爬滿皺紋
而思念只漲不跌……

小箋處方 VII

一起看海
一起脫下鞋子舀沙
和青春道別吧

耳朵尖起聽
無聲之聲
藏匿在心跳之後的
都不是真相。

小箋處方 VIII

遠方一群蕈狀岩抬頭
原來天空長出了
白色的鱗

我們望著海蝕洞
看到一座石像
微笑著

我們繼續牽手
向前蜿蜒

小箋處方 IX

晚霞總是悄悄離開
卻來得好急
妳夜半擱淺的精神
是否尚有景深

小箋處方X

南下，把和平島的微風
攔至大里的小橋
流水如絲綢
亦如妳的長髮

北上，把濁水溪的溫差
攔至新店的山道
婉轉似鳥鳴
亦如我的脊背

小箋處方 XI

我不孤單了
點亮一盞胸口的燈
妳的聽覺
就不會迷途

我不再只有背影
可以更新
妳的笑聲已
變成窗外的小小
小風鈴

小箋處方XII

是什麼讓白髮在午後
突然茂盛起來
有時候肉身不會按著
韻律起伏

啊，我摺疊著憂慮的
心坎，於歸路前
唱一首絕版的
樂府……

小箋處方 XIII

我們繼續踩著日常
不願凋謝
宇宙是一葉漁舟。

小箋處方 XIV

說不得的
在於放不下
放不下的
畢竟是說不得

小箋處方XV

花器裡有好多夢想
被妳逐漸育成

我是最頑固的一顆
種子，也是最早
順從的那箇

小箋處方 XVI

我深呼吸
翻山越嶺終於
看見霧裡的
夢

我偷偷潛進
只為了植入一枚
索愛的
晶片

小箋處方XVII

每一個表白的句子
都缺席了
也缺少練習
所以我的吻並不
纏綿

小箋處方 XVIII

今晚的天空是一道河流
月影慢行如舟

我聽見黑夜似心跳
律動，一首詩
無法註解指尖的
記憶

在妳的耳邊與背脊
滑落的竟是一滴

無來由的
雨

小箋處方 XIX

筷子夾不起宿醉的
豆莢，妳要我
練習安全的
用餐姿勢

我還不能沉睡……

小箋處方XX

第二十首小箋難產
就像簡單的
日常

妳的宇宙裡
不需要任何負重
我卻是肥胖的

小箋處方 XXI

舊村外，小河邊
我們手牽牽
一眠又一眠

老牆根，庭院裡
我們腳踢踢
秋來又春去

小箋處方 XXII

我把起風的夜色
拿到夢裡製版
印成背景

消失了
你足跟落款的
腳印

小箋處方 XXIII

我向孤獨突襲
暗殺一點突來的
憂鬱

思念是愛情的
國防……

小箋處方 XXIV

這座城市可以割成
一半，在我們
微醺之後

車外有雨，車內
無風，只有連體的
一對手心……

小箋處方 XXV

太初有光
還有妳的呼吸
太初有水
還有妳的眼淚
太初有風
我是妳的風鈴

要讀詩07　PG1165

要有光
FIAT LUX

小詩一百首
——丁威仁詩集

作　　者　丁威仁
責任編輯　黃姣潔
圖文排版　詹凱倫
封面設計　秦禎翊
圖片提供　王美玥

出版策劃　要有光
發 行 人　宋政坤
法律顧問　毛國樑　律師
印製發行　秀威資訊科技股份有限公司
114台北市內湖區瑞光路76巷65號1樓
電話：+886-2-2796-3638　傳真：+886-2-2796-1377
http://www.showwe.com.tw
劃撥帳號　19563868　戶名：秀威資訊科技股份有限公司
讀者服務信箱：service@showwe.com.tw
展售門市　國家書店（松江門市）
104台北市中山區松江路209號1樓
電話：+886-2-2518-0207　傳真：+886-2-2518-0778
網路訂購　秀威網路書店：http://store.showwe.tw
國家網路書店：http://www.govbooks.com.tw
總 經 銷　聯合發行股份有限公司
231新北市新店區寶橋路235巷6弄6號4F
電話：+886-2-2917-8022　傳真：+886-2-2915-6275

出版日期　2014年8月　BOD一版
定　　價　280元

Printed in Taiwan

國家圖書館出版品預行編目

小詩一百首：丁威仁詩集. 丁威仁著. -- 一版. -- 臺北市：
要有光, 2014.08
面； 公分. -- (要讀詩；7) (語言文學類；PG1165)
BOD版
ISBN 978-986-90474-2-5 (平裝)

851.486 103009958

讀者回函卡

感謝您購買本書，為提升服務品質，請填妥以下資料，將讀者回函卡直接寄回或傳真本公司，收到您的寶貴意見後，我們會收藏記錄及檢討，謝謝！
如您需要了解本公司最新出版書目、購書優惠或企劃活動，歡迎您上網查詢或下載相關資料：http:// www.showwe.com.tw

您購買的書名：______________________________

出生日期：________年________月________日

學歷：□高中（含）以下　□大專　□研究所（含）以上

職業：□製造業　□金融業　□資訊業　□軍警　□傳播業　□自由業

□服務業　□公務員　□教職　□學生　□家管　□其它_____

購書地點：□網路書店　□實體書店　□書展　□郵購　□贈閱　□其他

您從何得知本書的消息？

□網路書店　□實體書店　□網路搜尋　□電子報　□書訊　□雜誌

□傳播媒體　□親友推薦　□網站推薦　□部落格　□其他__________

您對本書的評價：（請填代號　1.非常滿意　2.滿意　3.尚可　4.再改進）

封面設計____　版面編排____　內容____　文／譯筆____　價格____

讀完書後您覺得：

□很有收穫　□有收穫　□收穫不多　□沒收穫

對我們的建議：______________________________

____

____

____

請貼
郵票

11466
台北市內湖區瑞光路 76 巷 65 號 1 樓

秀威資訊科技股份有限公司 收

BOD 數位出版事業部

（請沿線對折寄回，謝謝！）

姓　　名：＿＿＿＿＿＿＿＿＿＿　年齡：＿＿＿＿　性別：□女　□男

郵遞區號：□□□□□

地　　址：＿＿＿＿＿＿＿＿＿＿＿＿＿＿＿＿＿＿＿＿＿＿＿＿＿＿＿

聯絡電話：(日) ＿＿＿＿＿＿＿＿＿＿＿ (夜) ＿＿＿＿＿＿＿＿＿＿＿

E-mail：＿＿＿＿＿＿＿＿＿＿＿＿＿＿＿＿＿＿＿＿＿＿＿＿＿＿＿